AF497794

LA RÉPUBLIQUE

ET

LA LITTÉRATURE

PAR

ÉMILE ZOLA

Prix : 1 franc

PARIS

G. CHARPENTIER, ÉDITEUR

13, RUE DE GRENELLE-SAINT-GERMAIN, 13

1879

LA RÉPUBLIQUE

ET

LA LITTÉRATURE

PAR

ÉMILE ZOLA

———————

PARIS

G. CHARPENTIER, ÉDITEUR

13, RUE DE GRENELLE-SAINT-GERMAIN, 13

1879

LA RÉPUBLIQUE

ET

LA LITTÉRATURE

I

Je ne tiens par aucune attache au monde politique, et je n'attends du gouvernement ni place, ni pension, ni récompense d'aucune sorte. Ce n'est pas ici de l'orgueil ; c'est, au début de cette étude, une constatation nécessaire. Je suis seul et libre, j'ai travaillé et je travaille : mon pain vient de là.

D'autre part, il me faut établir un second point. Je suis un républicain de la veille. Je veux dire que j'ai défendu les idées républicaines dans mes livres et dans la presse, lorsque le second Empire était encore debout. J'aurais pu être de la curée, si j'avais eu la moindre ambition politique. Il suffisait de me baisser pour ramasser les épis après les avoir fauchés.

Ainsi donc, ma situation est nette. Je suis un républicain qui ne vit pas de la République. Eh bien ! l'idée m'est venue que cette situation est excellente pour dire tout haut ce que je pense. Je sais pourquoi beaucoup évitent de parler : l'un attend une croix, l'autre tient à la place qu'il

occupe dans l'administration, un troisième espère de
l'avancement, un quatrième compte devenir conseiller
général, puis député, puis ministre, puis, qui sait?
président de la République. La nécessité du pain quo-
tidien, le prurit des honneurs, sont de terribles
liens qui garrottent les plus rudes franchises. Dès qu'on
a un besoin ou une ambition, on appartient au premier
venu. Si vous jugez trop franchement certains personnages politiques, vous fermez devant vous toutes les
portes ; si vous osez faire la vérité sur telle question, vous
vous mettez à dos un parti puissant. Mais n'ambitionnez
rien, n'ayez besoin de personne pour vivre, et tout de
suite les entraves tombent, vous marchez librement,
comme il vous plaît, à droite, à gauche, avec la joie
calme de votre individualité reconquise. Ah! c'est le
rêve, vivre dans son coin, des fruits du petit champ
qu'on laboure, et ne pas compter sur le voisin, et parler haut au grand air, sans craindre que le vent em-
porte et sème vos paroles !

Dans les partis politiques, il y a ce qu'on appelle la
discipline. C'est une arme puissante, mais c'est une
laide chose. Dans les lettres, heureusement, la discipline ne saurait exister, surtout à notre époque de production individuelle. Si un homme politique a besoin de
grouper autour de lui une majorité qui l'appuie et sans
laquelle d'ailleurs il ne serait pas, l'écrivain existe par
lui-même, en dehors du public; ses livres peuvent ne
pas se vendre, ils sont, ils auront un jour le succès qu'ils
doivent avoir. C'est pourquoi l'écrivain, que ses conditions d'existence ne forcent pas à la discipline, est par-
ticulièrement bien placé pour juger l'homme politique.
Il reste supérieur à l'actualité, il ne parle pas sous la
pression de certains faits, ni dans le but d'un certain
résultat; il lui est permis, en un mot, d'être seul de son

avis, parce qu'il ne fait pas corps avec un groupe et qu'il peut tout dire, sans déranger sa vie ni risquer sa fortune.

Toutefois, je ne me hasarderais pas dans cette galère de la politique, si je n'avais à étudier une question bien grave, selon moi. Cette question est de savoir quel ménage, bon ou mauvais, vont faire ensemble la République et la littérature ; j'entends notre littérature contemporaine, cette large évolution naturaliste ou positiviste, comme on voudra, dont Balzac a donné le branle. Voici longtemps déjà que j'hésite, car le terrain me semblait brûlant. Puis, depuis huit années, le tapage était si assourdissant , les complications se présentaient si rapides, qu'il était difficile à un homme d'étude de risquer une enquête sérieuse et surtout de conclure sagement. Mais, aujourd'hui, bien que le tapage continue, la période d'incubation a cessé, la Répuplique existe en fait. Elle fonctionne, on peut la juger sur ses actes. L'heure est donc venue de mettre la République et la littérature face à face, de voir ce que celle-ci doit attendre de celle-là, d'examiner si nous autres analystes, anatomistes, collectionneurs de documents humains, savants qui n'admettons que l'autorité du fait, nous trouverons dans les républicains de l'heure actuelle des amis ou des adversaires. La solution de cette question est d'une gravité extrême. Pour moi, l'existence de la République elle-même en dépend. La République vivra ou la République ne vivra pas, selon qu'elle acceptera ou qu'elle rejettera notre méthode. La République sera naturaliste ou elle ne sera pas.

Je vais donc étudier le moment politique dans ses rapports avec la littérature. Cela m'amènera forcément, plus que je ne le voudrais, à juger les hommes qui nous gouvernent. Mais, je le répète, mon intention n'est pas de me prononcer sur les destinées de la France, d'ajouter mon opinion à la confusion des autres opinions. Je pars de ce point que la République existe, et je veux simplement, moi écrivain, examiner comment la République se comporte à l'égard des écrivains.

Il me faut pourtant étudier, avant tout, de quelle façon la République vient d'être fondée en France. Rien de plus caractéristique. Sans entrer dans l'histoire si compliquée et si trouble de ces huit dernières années, on peut aisément en résumer les grandes lignes. — C'est d'abord l'écroulement de l'Empire, amené par la pourriture et l'agencement imbécile des charpentes qui soutenaient le régime ; imaginez toute une décoration de pourpre et d'or, élevée sur des piliers trop grêles, mal plantés, piqués des vers, et qu'une secousse doit réduire en poudre ; la guerre de 1870 a été cette secousse, et logiquement l'Empire s'est écrasé à terre, au moment de toute sa pompe. — Ensuite, après nos désastres, c'est Bordeaux et l'essai loyal. J'étais là, j'ai vu arriver cette majorité qui haussait les épaules, quand on parlait de la République ; elle se voyait forte, toute-puissante, elle pensait n'avoir qu'à laisser tomber un vote, pour rétablir la monarchie. Aussi accepta-t-elle la présidence de M. Thiers, sans inquiétude, certaine de rester maîtresse de la France. Cependant, dès le lendemain, le classement des partis s'était fait. Si les républicains étaient en minorité, les monarchistes se divisaient, lorsqu'ils précisaient leurs vœux ; il y avait les légitimistes, les orléanistes, les impérialistes, et aucun de ces partis ne restait le maître, dès qu'il s'isolait. De là une impuissance radicale à rien fonder. — C'est, plus tard, les longues intrigues, les luttes parlementaires, à Versailles. M. Thiers avait dit, avec sa finesse bourgeoise, que la France serait aux plus sages. Au fond, il prévoyait déjà le triomphe définitif de la République ; il comprenait que les trois prétendants se détruiraient les uns par les autres. Le drame de la Commune et la répression violente qui avait suivi, venaient de consolider le gouvernement républicain, au lieu de l'ébranler. Un danger beaucoup plus grave le menaçait : on parlait de réconciliation entre les deux représentants de la maison de France, la fusion des légitimistes et des orléanistes était sur le point de s'accomplir. — C'est enfin la crise du 24 mai, le renversement de M. Thiers, le triomphe des monarchistes. Un instant, on put croire la République perdue. Henri V allait rentrer dans Paris, les voitures de gala étaient déjà commandées. Puis, au moment du vote, il y eut une scission suprême dans le parti royaliste, sur la question du drapeau blanc. La République l'emporta d'une voix.

Certes, ce n'était pas encore là un vote décisif. Mais on pouvait dire que la monarchie était condamnée, car elle devait achever de se tuer elle-même un peu chaque jour. Alors, sous la présidence du maréchal de Mac-Mahon, on assista à ce singulier spectacle d'une majorité monarchique, dont les membres se dévoraient, et qui travaillait malgré elle à la fondation de la République. Ses attaques violentes, ses sourdes menées, ses plans les plus habiles et les plus forts, tout aboutissait à rendre plus solide le gouvernement qu'elle voulait détruire. L'explication de ce phénomène est très simple. Un grand courant républicain s'était déclaré dans le pays, logiquement, parce que la République seule paraissait raisonnable et possible. Pendant que la majorité royaliste s'agitait inutilement dans son impuissance à rétablir la monarchie, elle se rendait de plus en plus impopulaire, et le pays entier se levait pour la chasser du parlement. De là, le travail continu des élections qui remplaçaient tout monarchiste sortant par un républicain ; de là les

élections législatives du 14 octobre et les élections sénatoriales du 5 janvier qui, après l'aventure désespérée du
16 mai, ont fait enfin de la République un gouvernement
régulier, fonctionnant comme tous les gouvernements
établis. Il faut dire que la gauche de l'Assemblée
avait retenu et mis en pratique le mot de M. Thiers :
« La France sera aux plus sages. » Sans doute une minorité d'extrême gauche poussait aux décisions extrêmes;
mais M. Gambetta, qui était le chef incontesté du parti,
avait lancé le mot « d'opportunisme, » pour caractériser
tout ce que la situation réclamait de patience, d'habileté
et de sagesse. Si M. Grévy est aujourd'hui à la présidence, si les républicains sont les maîtres dans les deux
Chambres, c'est que les républicains ont laissé se produire dans la nation l'évolution nouvelle, sans vouloir
hâter le dénouement.

Tels sont les faits, brièvement indiqués. Je n'ai pas
besoin de descendre dans les détails, je veux en arriver
simplement à conclure que la République, pour exister,
doit être le résultat logique de certains faits, et non la
formule arbitraire d'une école politique. Aux yeux de
beaucoup de républicains, la République est de droit
divin ; un seul gouvernement est légitime, le gouvernement de tous; il n'y a qu'un souverain possible, le
peuple. Certes, cette opinion est la mienne. Mais nous
sommes là dans l'abstraction pure. Un mathématicien
peut seul raisonner ainsi, parce que les chiffres n'ont
pas de volonté. Avisez-vous de vouloir appliquer la formule théorique de la République à un peuple; aussitôt
tout se détraque. C'est que vous introduisez un nouvel
élément, le terrible élément humain qui n'obéit pas
comme les chiffres, qui a des soubresauts et des caprices.
On ne fait pas d'un peuple une équation. Voyez la France
en 89. Elle avait derrière elle des siècles de monarchie ;

c'étaient des coutumes, des usages, une façon de penser, une manière d'être, qui déterminaient ce qu'on nommait la société française. La race, le milieu, les institutions, travaillent à la lente formation d'un peuple, lui donnent son génie, le frappent d'une empreinte qui reste la sienne. Eh bien ! on a eu beau vouloir transformer violemment la France de 89, elle s'est retrouvée monarchique, après une des plus terribles secousses qui aient bouleversé un État. Sans doute, le vieux monde n'a pu ressusciter, un nouveau siècle s'ouvrait, les conquêtes de la liberté étaient considérables. Mais l'Empire allait courber toutes les têtes et les revanches de la Restauration devaient suivre. C'était simplement que l'élément humain, depuis si longtemps pétri par les siècles de monarchie, n'avait pu se plier du coup à la République, malgré la violence de la pression révolutionnaire. Les fanatiques, les sectaires, tous ceux qui obéissent à l'exaltation d'une foi et qui sont pressés de jouir de l'État idéal qu'ils rêvent, savent bien ce qu'ils font, lorsqu'ils réclament cent mille têtes, lorsqu'ils veulent établir un régime de terreur. Ils sentent la nécessité de dompter brutalement l'élément humain, d'écraser dans l'homme ce que le passé y a déposé, de purger l'homme par une saignée de tout ce que la race, le milieu, les institutions ont mis dans son sang. Vain espoir, d'ailleurs. Il n'y a pas d'exemple d'une nation ainsi transformée d'un instant à l'autre. Le sang a pu couler sur nos échafauds, on a vu des flaques rouges se dresser Napoléon, qui est venu à son heure arrêter le mouvement révolutionnaire et faire sa besogne. Même deux autres révolutions se sont produites, sans pouvoir encore fonder la République ; l'une a abouti à la monarchie de juillet, l'autre, au second Empire. A cela, une seule explication est possible, et il serait aisé de l'établir sur l'histoire : les faits sociaux et historiques ne concluaient pas à la République, l'élément humain en France ne se pliait pas encore au régime républicain. Et voyez les événements actuels, ce que la terreur n'a pu faire, l'évolution lente des esprits est en train de le réaliser aujourd'hui. Posons que l'effroyable secousse donnée par la Révolution à l'ancienne société française, ait été nécessaire pour retourner le champ où allait pousser la société nouvelle. Mais ensuite quelle longue culture il a fallu pour mûrir cette société ! Toute notre histoire est là, depuis quatre-vingts ans. Nous voyons grandir le discrédit des dynasties, à chaque tentative de restauration ; c'est la branche aînée qui casse, c'est la branche cadette qui ne peut porter des fleurs, c'est l'Empire qui est chassé par une seconde invasion. Pendant ce temps, le peuple fait une étude de la liberté, un travail sourd et continu pousse le pays vers le régime républicain, et comme il arrive toujours lorsqu'une force historique donne le branle à une nation, les moindres incidents, même ceux qui paraissent devoir arrêter cette nation en marche, la précipitent bientôt avec une impétuosité plus grande. En un mot, quand les faits veulent la République, la République se trouve fondée.

Voilà ce que je veux nettement établir, au début de cette étude. Je me résume. Dans tout problème politique, il y a deux éléments : la formule et l'homme. Pour moi, la formule républicaine est la seule scientifique, celle à laquelle doit forcément aboutir toute nation. Si les hommes étaient de pures abstractions, des soldats de plomb ou des quilles qu'on pût ranger à son gré, rien ne serait plus commode que de transformer sur l'heure une monarchie en république. Mais dès que les hommes entrent en jeu, ils détraquent la formule, ils compliquent terriblement la question par le chaos d'idées, de volontés, d'ambitions, de folies, qu'ils y apportent. Dès lors, la politique naît, la moindre évolution demande parfois des centaines d'années pour s'accomplir, au milieu de luttes sans cesse renaissantes. Heureusement, les faits marchent, le travail s'accomplit, la formule se réalise suivant certaines lois. Rien ne serait plus intéressant que d'étudier ce jeu de l'élément humain se pliant à une nouvelle formule politique et sociale, en reprenant l'histoire de la société française vers le milieu du siècle dernier. Il y aurait là une bien grosse besogne. Je me suis contenté d'indiquer rapidement comment, depuis la Révolution, nous avons été emportés vers la République, et comment, dans ces dernières années, la République a été fondée par les faits, au milieu d'obstacles qui semblaient à chaque heure devoir lui barrer la route. Maintenant, il me reste à examiner les différents groupes du parti républicain. Ensuite, connaissant notre République actuelle, je pourrai étudier quels sont ses rapports avec la littérature contemporaine.

Certes, je me perdrais vite, si je voulais classer toutes les nuances du parti républicain. Je dois me borner à trois ou quatre types caractéristiques. Naturellement, je choisis les groupes influents. D'ailleurs, je ne fais pas œuvre de polémique, je ne suis qu'un savant et qu'un observateur. On ne trouvera donc ici ni un nom d'homme ni un titre de journal.

Il y a d'abord le républicain doctrinaire. Celui-là tient à une chapelle quelconque. Souvent il est protestant, d'allures puritaines. Il vise l'Académie, se pique de belle langue, d'équilibre heureux. C'est le libéral, avec la pondération d'un homme habile, qui a juré de ne jamais pencher à droite ni à gauche. Quand il est convaincu, il est généralement de crâne dur et de cervelle étroite; c'est alors un formaliste, un bourgeois qui a peur du peuple et qui désespère d'une monarchie à son usage. Mais, lorsqu'il n'est pas convaincu, il montre une intelligence singulièrement souple. Sa gravité, ses grands mots, son attitude correcte, sa phraséologie d'homme sérieux et pudibond, cachent le plus aimable des scepticismes. Au fond, il n'a que son ambition. Il s'est dit en homme pratique que le plus sûr moyen de gouverner, c'est encore de n'effrayer personne et d'ennuyer tout le monde. Aussi a-t-il créé des journaux où triomphe le gris en littérature et en politique, des feuilles de pâte ferme, qui ne sacrifient jamais à l'esprit, qui bourrent leurs lecteurs d'articles fortement indigestes. Cela suffit pour avoir du poids. Il ne s'agit que de mettre une cravate blanche aux lieux communs. Tout un public s'est formé autour de ce vide majestueux, de ce libéralisme vivant de formules académiques. Le mot propre n'y est jamais employé. C'est un salon bourgeois, avec ses préjugés, ses attitudes gourmées, sa religiosité vague, son importance et son ennui. Il s'agit d'exploiter solennellement les classes moyennes; de là les dogmes, les opinions toutes faites et rassurantes, les adoucissements continuels, les déclarations prudhommesques. Je propose de donner aux républicains doctrinaires le nom de jésuites du protestantisme. Ils ont rêvé le pouvoir dès le premier jour, et leur longue campagne n'a été qu'une marche lente et prudente vers les situations convoitées. Ce sont les hommes des expédients. Soyez certain qu'ils n'acceptent de la République que l'étiquette. Toute formule scientifique leur répugne.

Je passe au républicain romantique. Celui-ci, moins dangereux, est plus drôle. Il tient malheureusement beaucoup de place dans le tapage du jour. C'est toute une histoire que l'entrée du romantisme dans la politique.

Je l'ai déjà racontée ailleurs. Il est arrivé que certains dramaturges de 1830, voyant leurs recettes baisser au théâtre, ont eu l'idée de se jeter dans le journalisme, avec leur ferraille et leurs panaches. Cela se passait à la fin de l'Empire, au moment où le public dévorait les feuilles d'opposition. Or, à cette heure d'attaques passionnées contre le pouvoir, le romantisme fit merveille dans la presse. Les tirades dont on commençait à sourire sur les planches, parurent toutes neuves, imprimées en tête d'un journal. C'était Hernani qui réclamait la liberté, en relevant fièrement du bout de sa rapière son manteau couleur de muraille ; c'était d'Artagnan, c'était Buridan, coiffés de leurs feutres à grandes plumes, qui saluaient le peuple souverain et le traitaient de monseigneur. Jamais carnaval n'eut un succès plus vif. Le peuple ne reconnaissait sans doute pas ses héros favoris de la *Tour de Nesle* et des *Trois Mousquetaires* ; il s'était lassé de les applaudir à l'Ambigu et à la Porte-Saint-Martin ; mais toutes ses tendresses anciennes se réveillaient, on le chatouillait au cœur, il aurait crié volontiers : « Bravo Mélingue ! » Dès lors, le romantisme avait cours sur la place, et un cours formidable. Les recettes étaient telles, que les républicains romantiques, satisfaits de cette fortune qui leur arrivait sur le tard, se contentèrent de battre monnaie avec leurs phrases empanachées, sans se soucier de devenir députés ou ambassadeurs, comme tant d'autres. Le procédé offrait une grande simplicité : il s'agissait bonnement de transporter, dans la discussion des affaires publiques, le tralala des grandes phrases creuses, la jonglerie des antithèses, les allures échevelées de l'imagination lâchée à travers toutes les fantaisies. En un mot, il fallait être lyrique, mêler Triboulet à Ruy-Blas, prendre un vol d'hippogriffe au-dessus de la terre étonnée. Vous pensez ce qu'est devenu la politique, cette

science des faits et des hommes, en passant par la
formule romantique. Du coup, toute base sérieuse d'observation a disparu, la rhétorique a remplacé l'analyse,
les mots ont dévoré les idées. Les romantiques sont partis
à cheval sur des rêves humanitaires, la fraternité universelle des nations, la fin prochaine des conflits et des
guerres, l'égalité et la liberté brillant sur le monde ainsi
que des soleils. D'autre part, comme ils battaient monnaie
avec le peuple, ils se sont agenouillés devant lui, et il
n'est pas de flagorneries dont ils ne l'aient bercé; le
peuple est devenu un empereur, un pape, un dieu,
enfermé dans un triple tabernacle, et qu'il a fallu adorer
à genoux, sous peine des plus grands châtiments. Les
ouvriers auraient eu vraiment mauvaise grâce à refuser
leurs deux sous. Mais quelle mascarade lamentable,
quelle banque éhontée! Les républicains romantiques se
moquent du bon sens, des sciences modernes, de l'analyse exacte, de la méthode expérimentale. de ces outils
puissants qui sont en train de refondre les sociétés. Ce
sont des danseurs de corde, couverts d'oripeaux et de
paillons, exécutant des culbutes dans l'idéal pour la plus
grande joie de la foule.

A côté des républicains romantiques, il y a les républicains fanatiques, ceux qui ont passé la redingote de
Robespierre ou chaussé les bottes de Marat. Ceux-là se
sont enfermés dans une figure historique et n'en peuvent sortir ; crânes singuliers qui veulent tailler l'avenir dans le passé, sans comprendre que chaque évolution vient à son heure et que l'humanité ne se répète
pas. D'ailleurs, je le dis encore, il me serait difficile de
classer nettement les républicains, tant les groupes
sont nombreux, depuis les impatients de l'extrême
gauche jusqu'aux satisfaits de l'opportunisme. Il y a là
des sectaires et des habiles, des hommes du passé, des

hommes de l'avenir, toute une foule. Je me contenterai
d'avoir insisté sur les républicains doctrinaires, sur les
républicains romantiques et sur les républicains fanatiques. Ce sont les groupes les plus puissants, ceux en
tous cas qui ont des journaux très répandus et qui, par
conséquent, ont le plus d'influence. Mon opinion bien
nette est qu'ils tueraient la République demain, s'ils
étaient les maîtres. Les républicains doctrinaires nous
ramèneraient à une monarchie constitutionnelle, et
nous aurions une dictature au bout de six mois, avec
les républicains romantiques et avec les républicains
fanatiques. Cela se déduit mathématiquement. Quiconque
ne marche pas avec la vérité, se perd en chemin et va
forcément à l'erreur.

Il n'existe donc, à mes yeux, qu'un républicain qui
soit le véritable travailleur de l'heure présente, c'est le
républicain scientifique ou naturaliste. Si je ne m'étais
promis de ne nommer personne, je rendrais ma pensée
plus claire, en citant des exemples. Le républicain naturaliste, qui est représenté par des individualités très
puissantes, se base surtout sur l'analyse et l'expérience.
Il fait en politique la même besogne que nos savants ont
faite en chimie et en physique, et que nos écrivains sont
en train d'accomplir dans le roman, dans la critique et
dans l'histoire. C'est un retour à l'homme et à la nature,
à la nature considérée dans son action, à l'homme con-
sidéré dans ses besoins et dans ses instincts. Le républicain naturaliste tient compte du milieu et des circon-
stances ; il ne travaille pas sur une nation comme sur de
l'argile, car il sait qu'une nation a une vie propre, une
raison d'existence, dont il faut étudier le mécanisme
avant de l'utiliser. Les formules sociales, comme les
formules mathématiques, ont des raideurs auxquelles
on ne peut pas plier un peuple d'un jour à l'autre ; et la

science politique, telle qu'elle existe aujourd'hui, est justement d'amener par les chemins les plus courts et les plus pratiques un pays à l'État gouvernemental vers lequel le pousse son impulsion naturelle, accrue par l'impulsion des faits. Le républicain naturaliste n'a pas les hypocrisies gourmées du républicain doctrinaire ; il ne ménage pas une classe au profit d'une autre, dit ce qu'il doit dire, au risque de scandaliser la bourgeoisie. Le républicain naturaliste n'entend rien au galimatias du républicain romantique, dont la rhétorique affolée et l'idéal de carton doré lui font hausser les épaules. Pour lui, tous ces farceurs sont des charlatans, qu'ils portent la cravate blanche, ou qu'ils se soient affublés d'un justaucorps moyen âge.

Même en admettant qu'il y ait des hommes convaincus parmi les doctrinaires et les romantiques, ceux-là s'épuisent à construire en l'air un monument qui n'a pas de fondations ; ils s'agitent dans l'erreur, ils appliquent des formules fausses à des hommes qui n'existent point, à de pures abstractions conçues sur un idéal ; aussi n'est-il pas étonnant que leur œuvre s'écroule, et qu'après chacune de leurs tentatives, le pays ait besoin d'un dictateur ou d'un roi pour balayer le sol des décombres dont ils l'ont couvert. Au contraire, le répucain naturaliste ne bâtit que lorsqu'il a étudié et sondé le sol ; à chaque pierre qu'il pose, il sait qu'elle sera solide, parce qu'elle porte de tous les côtés et qu'elle est où la nature du terrain et la construction de l'édifice demandent qu'elle soit. Il est l'homme des faits, il fera de la République, non pas un temple protestant, ni une église gothique, ni une prison s'ouvrant sur une place d'exécution, mais une large et belle maison, logeable pour toutes les classes, pleine d'air, pleine de soleil, et tellement appropriée aux goûts et aux besoins des habitants, qu'ils s'y fixeront pour toujours.

Ceci n'est qu'une étude indiquée à larges traits. Mais il est évident que l'histoire de ce siècle en général, et que les événements de ces huit dernières années en particulier, nous mènent logiquement à cette solution scientifique. Le mouvement naturaliste ne peut avoir mis en branle l'intelligence humaine tout entière, sans se communiquer à la science politique. Il a renouvelé l'histoire, la critique, le roman, le théâtre, il doit prendre une impulsion décisive dans la politique, qui n'est que de l'histoire et de la critique vivantes. La politique, dégagée de la doctrine des empiriques et de l'idéalisme des poètes, basée sur l'expérience et l'analyse, employant la méthode comme outil, se donnant pour but le développement normal d'une nation, étudiée dans son milieu et dans son être, peut seule fonder en France la République définitive. Il faut le dire très carrément, il n'y a pas de principes, il n'y a pas d'absolu, pas plus en politique qu'ailleurs. Il existe simplement des êtres organisés vivant sur la terre dans de certaines conditions. La République ne sera, dans un pays, que lorsqu'elle y deviendra la condition même d'existence de ce pays. En dehors de ce fait, toute tentative n'est qu'un arrangement temporaire et factice, qui échouera en provoquant des catastrophes.

II

Voyons maintenant l'attitude des différents groupes du parti républicain vis-à-vis de la littérature contemporaine.

Depuis quelques années, beaucoup d'étrangers viennent me rendre visite, des Russes et des Italiens surtout. J'aime à les écouter, parce qu'ils m'apportent sur nous des jugements originaux, qui presque toujours me frappent vivement. Or tous éprouvent la plus grande surprise à constater que le parti républicain se montre hostile aux nouveautés littéraires, attaquant les écrivains qui se sont dégagés des traditions et qui marchent en avant, discutant violemment les œuvres conçues dans l'esprit analytique et expérimental. Les romanciers naturalistes surtout sont maltraités avec une véritable fureur par les journaux les plus influents du parti. Et les étrangers ne comprennent pas. Pourquoi cela ? Pourquoi cette bizarre contradiction d'hommes politiques nouveaux s'acharnant contre les nouveaux écrivains ? Pourquoi vouloir la liberté en matière de gouvernement et contester aux lettres le droit d'élargir l'horizon ? J'ai tâché plusieurs fois d'expliquer à mes visiteurs une anomalie si singulière. Mais ils ne comprenaient qu'à demi, tellement pour eux la situation restait étrange. Aujourd'hui, je veux en avoir le cœur net.

Il y a d'abord des précédents caractéristiques. Pendant la première Révolution, de 89 à l'Empire, la littérature du temps reste classique ; pas un effort pour briser l'ancien moule ; au contraire, un délayage de plus en plus fade de l'antique formule du dix-septième siècle. N'est-ce pas curieux ? Voilà des hommes qui suppriment le roi, qui suppriment Dieu, qui font table rase de l'ancienne société, et ils conservent la littérature d'un passé qu'ils veulent effacer de l'histoire, ils ne semblent pas soupçonner un instant qu'une littérature est l'expression immédiate d'une société.

Ce fut seulement beaucoup plus tard que le contrecoup de la Révolution se fit sentir dans les lettres. Après

l'Empire, pendant la Restauration, l'insurrection romantique éclata comme un 93 littéraire. Et que vit-on alors?
le plus étonnant des spectacles. On vit les républicains,
ou plutôt les libéraux, ceux qui revendiquaient les conquêtes de la Révolution, ceux qui firent les journées de
1830 au nom de la liberté menacée, on les vit défendre
la littérature classique et attaquer furieusement le romantisme triomphant, les drames et les romans de Victor Hugo. Il suffit de lire la collection de l'ancien *Natio-
nal* pour se convaincre à ce sujet. Tels sont les faits. En
France, chaque fois que les hommes politiques ont voulu
l'affranchissement de la nation, ils ont commencé par se
défier des écrivains et par rêver de les enfermer dans
quelque formule antique, comme dans un cachot. Ils bri-
sent un gouvernement, mais ils entendent réglementer
la pensée écrite. Leur audace s'arrête à la transformation
plus ou moins violente du pouvoir ; ils n'admettent pas
qu'on transforme les lettres. Ils précipitent l'évolution
politique, et ils ont l'étrange besoin de nier l'évolution
littéraire. Pourtant, je le répète, les deux se tiennent, ne
peuvent s'effectuer l'une sans l'autre, vont de com-
pagnie au même but. Qu'y a-t-il donc au fond de cette
attitude du parti républicain ?

Remarquez que la loi paraît constante. En 1830, les
libéraux refusaient le romantisme ; aujourd'hui, les républicains refusent le naturalisme. On peut donc croire
qu'il y a un élément fixe dans ce mauvais vouloir, dans
cette défiance vis-à-vis des formules littéraires nouvelles.
Évidemment, cet élément fixe existe, et je tâcherai tout
à l'heure de le déterminer. Mais je crois que les causes
accidentelles, les causes du moment sont plus nombreu-
ses et plus puissantes. Je laisserai donc le passé et je
n'étudierai que l'heure présente, en examinant de
quelle façon se comportent devant le naturalisme les

divers groupes républicains dont j'ai parlé plus haut.

Voyons d'abord les républicains doctrinaires. Ceux-là, comme je l'ai dit, sont restés classiques. Un d'eux, homme de poids, journaliste que sa pesanteur solennelle a conduit au Sénat, écrivait dernièrement que Stendhal et Balzac étaient des auteurs louches, indignes de figurer dans la bibliothèque d'un honnête homme. Un autre, ancien professeur dont on a fait un haut dignitaire, distribuait jadis des pensums et des coups de férule dans une Revue, avec la rage blême d'un pion impuissant. Je pourrais en citer vingt. Ils sont tout un groupe de puritains jésuites, boutonnés dans leur redingote, ayant peur des mots, tremblant devant la vie, voulant réduire le vaste mouvement de l'enquête moderne au train étroit de lectures morales et patriotiques. Je ne sais pas d'eunuques mieux rasés. Je comprends que les catholiques pratiquants ne nous aiment pas, car nous portons la hache dans leurs croyances ; je comprends que le vieux monde se débatte sur les cruautés de notre analyse, qui le mettent en poussière ; mais ces hommes qui se disent avec le siècle, ces hommes dont les discours réclament la liberté de la pensée, pourquoi sont-ils donc contre nous, lorsque nous travaillons plus activement qu'eux aux sociétés de demain ? Il y a beaucoup d'hypocrisie dans leur fait. Notre besogne est faite trop au grand jour, nous disons trop la vérité, nous les troublons par notre franchise. Ils ont pu être dans l'opposition et voir l'humanité en laid ; mais s'ils entrent au pouvoir, l'humanité devient belle ; c'est assez, ils gouvernent, il faut jeter un voile. La vérité est qu'un abîme les sépare de nous. Hommes d'équilibre ou hommes de doctrine, bourgeois à préjugés ou farceurs jouant la comédie de la vertu, gens habiles qui veulent forcer l'abonnement en publiant des

feuilletons pour les familles, mélange d'esprits académiques et de cervelles pédagogiques, tous détestent
par instinct ou par intérêt la libre allure des lettres, le
style vivant et coloré d'images, les audaces de l'analyse,
l'affirmation puissante de la personnalité de l'écrivain.
Comme le répète souvent un grand styliste de nos jours,
ils ont « la haine de la littérature, »haine qui les fait se
cabrer devant une phrase de poète, comme un cheval
se cabre devant un obstacle dont il a peur.

Avec les républicains romantiques, le malentendu
devient simplement une querelle d'école à école. Naturellement, les romantiques, qui se sont jetés dans la
République pour sauvegarder les recettes, se montrent
très inquiets du mouvement qui s'opère dans le public
en faveur des écrivains naturalistes. Cet amour croissant
de la réalité, cette curiosité qui s'attache à toute œuvre
d'analyse contemporaine, leur font redouter avec raison
que la foule ne se détourne d'eux et de leurs œuvres.
Que vont-ils devenir, si les cuirasses et les panaches ne
sont plus de mode, si les tirades ne suffisent plus, si les
lecteurs demandent des idées nettes et scientifiques,
des personnages réels sous les draperies du style ? Non-
seulement leurs romans et leurs drames sont discutés,
mais encore on commence à sourire de leur politique,
on est sur le point de ne plus les prendre au sérieux.
Alors, menacés dans leur orgueil et dans leur bourse,
ils se fâchent, ils affectent de se montrer pleins de dé-
dain et de dégoût pour les écrivains nouveaux. Au lieu
de convenir que l'évolution romantique n'a été que la
période d'impulsion du large mouvement naturaliste, ils
nient celui-ci, ils voudraient arrêter les lettres françaises
à la production de 1830. Le besoin de s'enfermer dans
une époque, d'incarner une littérature dans une formule
ou dans un homme unique, de prétendre que désor-

mais l'avenir se trouve fixé, est ici très caractéristique ;
et l'on ne saurait citer un exemple plus frappant de cette
contradiction des hommes qui admettent tous les pro-
grès en politique et qui refusent absolument aux lettres
le droit de marcher et de se renouveler. Mais il y a une
question plus grave dans l'attitude hostile des républicains romantiques contre les écrivains naturalistes. Ils
tâchent de les déconsidérer en leur jetant de la boue
au visage, en les traitant d'égoutiers, de pornographes,
de romanciers obscènes. Entendez par là que ces écrivains étudient l'homme sans le costumer, dissèquent et
analysent tout, travaillent en savants à l'enquête contemporaine. Au fond, sous les gros mots dont on cherche à
les salir, ils sont simplement les ouvriers de la vérité,
tandis que les romantiques sont les ouvriers de l'idéal.
Il n'y a là qu'une différence de méthode et de philoso-
phie littéraires ; seulement, elle est capitale. Les romantiques croyaient devoir embellir et arranger les documents humains pour le plaisir et le profit de la nation ;
nous sommes convaincus, nous autres, qu'il vaut mieux
donner les documents humains tels quels, si l'on veut
prendre la nation aux entrailles et laisser des œuvres qui
resteront d'éternelles leçons. Évidemment, l'entente est
impossible ; il faut que ceux-ci tuent ceux-là. Je suis bien
tranquille sur l'issue de la querelle. Je fais simplement
remarquer que ce sera nous, les savants, qui établirons
la République sur des fondations logiques, tandis que
les romantiques l'auront compromise, en la promenant
dans je ne sais quel carnaval humanitaire.

Enfin, les républicains fanatiques, et je désigne sous
ce mot les cerveaux étroits et ardents qui regardent la
République comme un État de droit divin qu'on doit
imposer violemment aux hommes, les républicains fanatiques traitent les lettres en général avec un certain

mépris. Elles ne sont pas loin d'être pour eux un luxe inutile. Ils leur refusent un rôle important dans le mécanisme social, et lorsqu'ils les acceptent, ils entendent les plier à la règle commune et leur assigner un rôle défini par les lois. Proudhon, un des cerveaux les plus puissants de notre époque, n'a pourtant pu se défendre de vouloir traiter l'art comme un point de l'économie politique. Il rêvait d'abattre les personnalités trop hautes, il souhaitait un peuple de dessinateurs bien pensants et bien instruits, pour tenir avec avantage la place de ce rebelle de génie qui s'appelle Delacroix. On comprend donc que ces républicains, si méfiants devant les lettres, se montrent peu disposés à accueillir les nouvelles formules littéraires. Au fond d'eux, ils ont en outre un idéal historique de la République : le brouet noir des Spartiates, la raideur citoyenne de Brutus, la rancune sanglante de Marat ; et cette République qu'ils souhaitent, noire et grave, nivelée et autoritaire, cette République de pure imagination classique, impossible à l'état définitif dans nos temps modernes, s'accommoderait fort mal avec une littérature d'observation et d'analyse, ayant besoin d'une absolue liberté pour se développer. Ceux-là, nous les blessons donc encore, parce que nous ne sommes pas dans le cauchemar qu'ils font tout éveillés, parce que nous nous refusons à nous numéroter, à prendre notre place dans le rang, à obéir aux mots d'ordre, à considérer l'homme comme un bâton qu'on plante où l'on veut et qui doit pousser. Ils sont pour une formule toute faite, nous sommes pour l'enquête continue et pour le respect du document humain. Dès lors, nous ne pouvons nous entendre.

J'ai dit qu'en dehors des causes accidentelles, il y avait des causes générales, pour expliquer l'hostilité visible du parti républicain devant la nouvelle formule

littéraire. Ces causes agissent sous tous les gouvernements. Dès que les républicains sont arrivés au pouvoir,
ils n'ont pas échappé à cette loi commune qui veut que
tout homme devenu le maître se mette à trembler devant la pensée écrite. Quand on est dans l'opposition, on
décrète avec enthousiasme la liberté de la presse, la
mort de toute censure ; mais si, le lendemain, une révolution asseoit notre homme dans un fauteuil de ministre, il commencera par doubler le nombre des censeurs et par vouloir régenter jusqu'aux faits divers des
journaux. Certes, je le sais, il n'est pas de ministre
éphémère qui ne semble brûler du beau zèle de rouvrir
sous son nom le siècle de Louis XIV ; mais c'est là un air
de musique qu'il joue pour la fête de son avènement, les
arts et les lettres au fond ne comptent pas, la politique
le possède tout entier ; puis, s'il est tourmenté du besoin
de faire parler de son règne, s'il s'occupe réellement
des écrivains et des artistes, c'est une véritable cala-
mité, il patauge dans des questions qu'il ne connaît pas,
il stupéfie ses administrés par des actes extraordinaires,
il distribue des récompenses et des rentes à de telles
médiocrités, que la foule elle-même finit par hausser les
épaules. Voilà où aboutit tout homme qui entre au pouvoir, quelles que soient d'ailleurs ses bonnes intentions
du début : il encourage fatalement les médiocres, tandis
qu'il laisse les forts à l'écart, lorsqu'il ne les persé-
cute pas. Il y a peut être là une raison d'État. Les gouvernements suspectent la littérature, parce qu'elle est
une force qui leur échappe. Un grand artiste, un grand
écrivain les gêne, les épouvante, du moment où ils le
sentent en dehors de la discipline, armé d'un outil puissant. S'ils acceptent un tableau, un roman, un drame,
comme une récréation honnête, ils tremblent lorsque
cela sort du plaisir permis en famille, dès que le peintre,

le romancier, le dramaturge, apportent une originalité,
expriment une vérité qui passionne. Toujours « la haine
de la littérature ». Il ne faut pas être seul et fort ; il ne
faut pas écrire d'un style vivant qui ait un son, une
couleur, une odeur ; il ne faut pas surtout déterminer
une évolution nouvelle, autrement on inquiète et on
indigne les ministres dans leur cabinet. Royauté, Empire, République, tous les gouvernements, même ceux
qui se sont piqués de protéger les lettres, ont repoussé
les écrivains originaux et novateurs. Je parle surtout
des temps modernes, où la pensée écrite est devenue
une arme redoutable.

Telle est la situation, et je la résume. Les écrivains
naturalistes ont donc contre eux la République, parce
que la République est aujourd'hui un gouvernement définitif, et que dès lors elle a été atteinte de ce mal particulier que j'ai nommé « la haine de la littérature ». En
outre, ils ont contre eux les républicains doctrinaires,
les républicains romantiques, les républicains fanatiques, en un mot les groupes les plus puissants du parti,
qu'ils gênent dans leur hypocrisie, dans leurs intérêts
ou dans leurs croyances. Ai-je besoin d'insister davantage, et les étrangers, ignorant le dessous des cartes,
ne pouvant voir que les lignes extérieures, s'étonne-
ront-ils encore en constatant que le parti républicain
« éreinte » si furieusement les jeunes écrivains grandis
avec lui et faisant une besogne parallèle à la sienne ?
J'aurais pu citer des faits plus précis, mais il suffit que
j'aie indiqué les raisons générales. Nous n'avons vérita-
blement avec nous que les républicains naturalistes.
Ceux qui veulent la République par la science, par la
méthode expérimentale, sentent bien que nous mar-
chons avec eux. Ce sont les hommes supérieurs de
l'époque ; naturellement, ils ne sont pas nombreux ;

mais ils commandent ou ils commanderont plus tard; et s'ils doivent employer des soldats médiocres, par ce manque d'hommes qui est général dans tous les partis, ils regrettent au moins les sottises commises, ils espèrent faire entrer chaque jour plus de vérité et plus de force dans le gouvernement.

Je citerai ici un exemple typique, qui montrera la singulière intelligence de certains républicains. Le reproche le plus grave que j'aie entendu adresser à la littérature naturaliste, c'est d'être une littérature de faits, par conséquent une littérature bonapartiste. Cela est un peu vague, je vais tâcher de l'expliquer. Pour les républicains en question, l'Empire se basait sur des faits, tandis que la République se base sur un principe; donc une littérature qui n'admet que les faits, qui repousse l'absolu, l'idéal, est une littérature bonapartiste. Faut-il rire ? Faut-il se fâcher ? En réfléchissant, j'ai trouvé la chose très grave, car au fond de cette accusation étonnante, il y a la question de l'existence même de la République.

Il existe beaucoup de républicains qui déclarent de la sorte que la République est l'absolu. Les républicains fanatiques posent cela avec une rigidité d'axiome. Les républicains romantiques poussent droit à l'idéal, agitent leurs panaches, font à la République une apothéose de paradis, Dieu le père coiffé du bonnet phrygien, rayonnant dans un soleil. Selon moi, rien n'est plus enfantin ni plus dangereux. Je veux bien qu'il y ait des principes, comme il y a une police, pour tranquilliser les honnêtes gens. Seulement, l'absolu est un pur amusement philosophique dont on peut aimer à raisonner entre la poire et le fromage. Quant à le prendre pour base des affaires humaines, c'est vouloir bâtir sur le néant, c'est édifier une construction qui croulera certainement au moindre souffle. Comme je l'ai expliqué, on entre dans le relatif, dès que l'homme apparaît avec ses multiples exigences. Dès lors, les faits seuls gouvernent. Il est imbécile de croire qu'on écrase l'Empire, lorsqu'on le traite de gouvernement des faits accomplis. Est-ce qu'il existe un gouvernement en dehors des faits? Est-ce que la République n'est pas aujourd'hui le gouvernement des faits accomplis? Est-ce que ce ne sont pas justement les faits qui l'ont fondée d'une façon définitive?

Prenons le second Empire. On peut dire hautement la vérité aujourd'hui. Le second Empire a été, parce que la République avait lassé la France. Elle se tenait en dehors des faits, elle ne s'inquiétait pas de répondre à un besoin, elle se perdait dans des déclarations vides, dans des querelles fatigantes, dans les théories les plus nuageuses et les moins pratiques. Rappelez-vous cette période de la République de 48. Tous les essais tentés par elle échouaient, parce que pas un ne posait sur le sol ; elle était dévorée par l'humanitairerie, par un socialisme purement spéculatif, par la rhétorique romantique et la religiosité des poètes déistes. Jamais elle n'a eu une idée nette de la France qu'elle voulait gouverner. Elle prétendait expérimenter sur elle comme sur un corps mort. Certes, les mots étaient superbes : la liberté, l'égalité, la fraternité, la vertu, l'honneur, le patriotisme. Mais ce n'étaient que des mots, et il faut des actes pour administrer. Imaginez des hommes, les mieux intentionnés du monde, très dignes et très bons, qui tombent dans un pays, dont ils ignorent tout, dont ils veulent tout ignorer, et qui ont l'étrange idée d'y appliquer un régime gouvernemental, purement théorique. Il arrivera forcément que le pays, dérangé dans sa vie quotidienne, finira par refuser l'expérience. La dictature est au bout. C'est ce qu'on a vu au 2 décembre. La France a accepté un maître, par lassitude d'être ainsi tournée et retournée depuis trois ans, sans qu'on lui trouvât une position tolérable.

En étudiant les dix-huit années du second Empire, on y remarque de même la toute-puissance des faits. Acclamé comme un expédient, comme un soulagement, il se perd lui-même, il mûrit l'idée républicaine; et, lorsqu'il tombe, ce sont les faits qui fondent définitivement la République. Je répète ces choses, parce qu'on ne saurait trop insister. Si, aujourd'hui, la République existe, ce n'est pas par l'absolu, ce n'est pas par les principes; c'est uniquement parce que les faits le veulent, font d'elle le seul gouvernement possible en France, trouvent en elle la satisfaction immédiate et exacte des besoins du pays. Sans doute le droit existe, mais le droit n'est qu'un fait supérieur, qui est, si l'on veut, le fait définitif auquel tendent les nations à travers tous les faits intermédiaires. Mettons que nous ayons atteint la vérité sociale, la République; cette République n'en est pas moins basée sur des faits, comme tous les autres gouvernements qui nous y ont conduits. Il est absurde de vouloir l'enlever du sol, pour la mettre dans le vague idéal des poètes ou dans l'absolu philosophique des sectaires.

On voit donc quelle valeur a l'accusation des républicains qui nous reprochent de nous en tenir simplement aux faits. Oui, les faits ont seuls pour nous une certitude scientifique; nous ne croyons qu'aux faits, parce que c'est uniquement sur les faits que toute la science moderne a grandi. Le document humain est notre base solide. Nous laissons aux rêveurs l'idéal, l'absolu, comme on voudra le nommer, parce que c'est précisément cet absolu qui, pendant tant de siècles, a arrêté et égaré les hommes dans la recherche de la vé-

rité. Nous exposons les faits, nous ne les jugeons pas ;
car juger n'est pas notre besogne à nous, observateurs
et analystes. Nous avons exposé le fait de l'Empire, en
nous faisant les historiens de cette période historique,
comme nous exposerons le fait de la République, lorsqu'elle entrera dans notre histoire et qu'elle détermi-
nera des mœurs nouvelles. Traiter le naturalisme de
littérature bonapartiste est une de ces belles sottises qui
poussent dans le crâne étroit des rhétoriciens de l'idéal.
J'affirme au contraire que le naturalisme est une littérature républicaine, si l'on considère la République
comme le gouvernement humain par excellence, basé
sur l'enquête universelle, déterminé par la majorité des
faits, répondant en un mot aux besoins observés et
analysés d'une nation. Toute la science positiviste de
notre siècle est là.

Au fond des querelles littéraires, il y a toujours une
question philosophique. Cette question peut rester con-
fuse, on ne remonte pas jusqu'à elle, les écrivains mis
en cause ne sauraient dire souvent quelles sont leurs
croyances ; mais l'antagonisme entre les écoles n'en
provient pas moins des idées premières qu'elles se font
de la vérité. Ainsi le romantisme est sûrement déiste.
Victor Hugo, en qui il s'est incarné, a eu une éducation
catholique, dont il ne s'est jamais dégagé nettement ; le
catholicisme a tourné en lui au panthéisme, au déisme
nuageux et lyrique. Toujours Dieu apparaît à la fin de
ses strophes ; et il n'y apparaît pas seulement comme un
article de foi, il y apparaît surtout comme une nécessité littéraire, comme la représentation de cet idéal qui
résume toute l'école. Passez maintenant au naturalisme,
et vous vous sentirez aussitôt sur un terrain positiviste.
C'est ici la littérature d'un siècle de science qui ne croit
qu'aux faits. L'idéal est sinon supprimé, du moins mis

à part. L'écrivain naturaliste estime qu'il n'a pas à se prononcer sur la question d'un Dieu. Il y a une force créatrice, voilà tout. Sans entrer en discussion au sujet de cette force, sans vouloir encore la spécifier, il reprend l'étude de la nature au commencement, à l'analyse. Sa besogne est celle de nos chimistes et de nos physiciens. Il ne fait que ramasser et que classer des documents, sans jamais les rapporter à une commune mesure, sans conclure avec l'idéal. Si l'on veut, c'est une enquête sur l'idéal, sur Dieu lui-même, une recherche de ce qui est, au lieu d'être, comme dans l'école classique et l'école romantique, une dissertation sur un dogme, une amplification de rhétorique sur des axiomes extra-humains.

Que les classiques et les romantiques, que les déistes nous traînent dans la boue avec le beau fanatisme des passions religieuses, je le comprends parfaitement, car nous nions leur bon Dieu, nous vidons leur ciel, en ne tenant pas compte de l'idéal, en ne rapportant pas tout à cet absolu. Seulement, ce qui m'a toujours surpris, c'est que des athées du parti républicain nous attaquent avec une violence aveugle. Comment ! voilà des hommes qui renversent les dogmes, qui parlent de tuer Dieu, et ils ont absolument besoin d'un idéal en littérature ! Il leur faut un ciel de pacotille, avec des peintures célestes et des abstractions surhumaines. Dans la science sociale, ils déclarent ne plus avoir besoin des religions, ils disent même que les religions mènent aux abîmes ; puis, dès qu'il s'agit des lettres, ils se fâchent, si l'on ne professe pas la religion du beau. Mais, en vérité, cette religion ne va pas sans l'autre. Le prétendu beau, la perfection absolue arrêtée d'après certaines lignes, n'est que l'expression matérielle de la divinité rêvée et adorée par les hommes. Si vous refusez cette divinité, si vous avez la volonté de reprendre le problème philosophique à l'étude même du monde, à la nature et à l'homme, il faut bien que vous acceptiez notre littérature naturaliste, qui est précisément l'outil littéraire de la nouvelle solution scientifique cherchée par le siècle. Quiconque est avec la science, doit être avec nous.

III

J'arrive à la partie pratique. Je n'ai soulevé ces grandes questions qu'incidemment, pour établir nettement l'évolution littéraire actuelle. En somme, il ne s'agit ici que de l'attitude de la République devant la littérature.

Un des derniers ministres de l'instruction publique, homme fort aimable, paraissait animé des intentions les plus actives et les plus hardies, lors de son entrée au pouvoir. Il avait surtout un zèle extraordinaire pour questionner tous ceux qui l'approchaient, répétant : « Je vous en prie, dites-moi ce que je dois faire, éclairez-moi, indiquez-moi ce que les écrivains et les artistes attendent du gouvernement. » Cela annonçait une volonté bien arrêtée de connaître les besoins réels et de les satisfaire. Un jour, j'étais présent, comme le ministre prononçait sa phrase, devant plusieurs de mes confrères. Il allait de l'un à l'autre, il voulait avoir l'avis de chacun. Le premier lui demanda la croix pour des hommes de talent, dont la personnalité avait jusque-là effrayé le pouvoir ; le second réclama des fonds, afin de créer une sorte de vaste encyclopédie résumant l'histoire et la science ; le troisième parla d'envoyer une mission dans certains couvents de la basse Russie, où il soupçonnait que des trésors littéraires se trouvaient cachés. Certes, tout cela

était excellent. J'avoue toutefois que cela ne me satis-
faisait pas. Aussi, lorsque le ministre me questionna à
mon tour, lui répondis-je simplement : « Faites-nous
libres, et vous serez un grand ministre. »

La liberté, voilà tout ce qu'un gouvernement peut nous
donner. Je ne nie pas le rôle qu'un ministre intelligent
est appelé à remplir. Il a sous lui des écoles, il provoque
des concours, distribue des commandes et des récompenses, accorde des pensions. Selon l'homme qui est au
pouvoir, les médiocres profitent de tout cela plus ou
moins, bien que ce soit toujours eux qui aient quand
même la plus grosse part. Mais quelle véritable utilité
l'art et la littérature tirent-ils de cette intervention,
de cette protection du gouvernement ? Ce ne sont
là que des détails de cuisine administrative qui n'in-
fluent ni sur l'évolution des esprits, ni sur la nais-
sance des grands talents. On donne une pension à
celui-ci qui est pauvre, on décore celui-là qui est agréa-
ble, les lettres ne s'en portent ni mieux ni pis ; ou bien
encore on élève à la becquée des peintres et des compo-
siteurs, cela ne décide en aucune façon de la venue du
maître qui transformera la peinture ou la musique, à
l'heure dite. Les maîtres poussent tous seuls dans le sol
de la nation, sans que le gouvernement y soit pour rien ;
il arrive même presque toujours que le gouvernement
les renie, tant qu'ils ne se sont pas imposés par leurs
propres forces. Donc un ministre ne saurait avoir aucune
influence directe. En mettant les choses au mieux, s'il
était assez fort pour se dégager des questions de routine
et des questions politiques, s'il balayait les médiocres
et distribuait ses commandes, ses pensions, ses croix,
aux talents vraiment originaux, il ne serait encore qu'un
Mécène éclairé, qu'un ami des lettres, qui donnerait aux
écrivains le plus d'agrément possible.

Qu'on nous entende ! Nous tous travailleurs, qui n'avons pas grandi à l'école, qui n'avons pas besoin de commandes, qui n'ambitionnons pas de croix, qui comptons sur le public pour payer nos travaux et pour nous récompenser, nous ne réclamons qu'une chose des hommes politiques, la liberté. Ils parlent de rendre la nation à elle-même, eh bien ! qu'ils rendent d'abord la littérature à elle-même, qu'ils l'affranchissent des liens dont les anciens régimes l'avaient garrottée. Que dire de ces républicains, qui veulent toutes les libertés, et qui ne commencent pas par proclamer la liberté de la pensée écrite ? Ils peuvent garder leurs fleurs, leurs pensions et leurs rubans ; nous refusons leurs concours, nous haussons les épaules devant leurs serres-chaudes, nous ne voulons pas nous soumettre à leur police, nous leur défendons de nous encourager. Ce que nous réclamons, c'est la liberté ; nous y avons droit, nous l'exigeons, il nous la faut. Les hommes politiques détiennent la liberté, qu'ils nous la rendent !

Je citerai trois faits, entre beaucoup d'autres. N'est-il pas honteux que la presse ne soit pas entièrement libre, qu'il existe encore une commission de colportage, que la censure théâtrale reste toujours debout ? Et ici se présente un fait incroyable, on vient de reconstituer cette censure, en lui donnant publiquement des ordres sévères de police morale.

Je ne puis entrer dans l'examen des lois actuelles sur la presse. On sait combien elles sont restrictives. Notre République française est aussi dure pour les journaux que les royaumes les plus autoritaires. Tant que les républicains n'ont pas été au pouvoir, ils se sont prononcés pour la liberté absolue ; nous verrons s'ils s'en souviennent. Quant à la commission de colportage, elle n'est pas seulement attentatoire à la liberté, elle est bête.

Pourrait-on, par exemple, me citer une distinction plus puérile que celle établie entre les librairies qui se trouvent dans une gare et les librairies qui existent dans les rues voisines. Tout le monde se promène sur un trottoir, j'ai le droit d'y étaler mes livres ; un public spécial de voyageurs traverse une gare en courant, je ne puis y vendre mes livres que si une commission les a déclarés inoffensifs. Sous l'Empire, on comprenait encore cette police, fouillant les œuvres, mettant des ordures où il n'y en avait pas ; mais, en République, une pareille commission joue un rôle odieux et inexplicable. Petite question, dira-t-on ; la question n'est pas petite pour les écrivains qui n'obtiennent pas l'estampille. On les empêche violemment d'arriver au public, on leur coupe une vente certaine, et il y a là un soufflet donné à l'égalité et au droit. D'ailleurs, il suffit que cette commission du colportage soit une atteinte à la liberté de penser et d'écrire, pour que la République la supprime. Et la censure théâtrale, sera-t-elle donc éternelle ? Les gouvernements tombent, mais la censure demeure. Ici la question s'élargit. Je sais bien que la censure passe pour être bonne femme. Les auteurs à succès prétendent qu'on finit toujours par s'entendre avec les censeurs ; on leur accorde quelques coupures, on se venge ensuite en racontant sur eux une bonne sottise. Un homme conciliant me disait : « Citez-moi les œuvres de talent que la censure a empêché de jouer. » Je lui répondis : « Je ne puis vous dire les titres des chefs-d'œuvre dont la censure nous a privés, parce que, justement, ces chefs-d'œuvre n'ont pas été écrits. » Toute la question est là. Si la censure n'a pas un rôle actif très considérable, elle nuit surtout comme épouvantail, elle paralyse l'évolution de l'art dramatique. On sait les pièces qu'on ne doit pas écrire, celles qui ne pourraient être jouées, et on ne les écrit pas. Ainsi, toute une veine féconde, la comédie politique, est interdite, à moins de se tenir dans les limites aimables d'un simple badinage. Cela est d'autant plus grave que, selon moi, toute la comédie moderne est dans la politique. On reproche à nos auteurs de ne rien trouver de nouveau, de répéter les types connus, de n'avoir pas su dégager le rire moderne, et on leur défend justement d'aborder le monde politique, ce monde de plus en plus bruyant, qui emplit le siècle. La comédie doit vivre de la vie du jour. Chez nous, où est la vie du jour, si ce n'est dans la politique. C'est là uniquement que nos auteurs trouveraient la caractéristique de l'époque, la forme nouvelle des appétits, des intérêts et des ridicules, dans notre société française. En leur interdisant ce vaste champ, inconnu au siècle dernier, et qui va en s'élargissant chaque jour, vous les réduisez à l'impuissance. C'est comme si vous autorisiez un sculpteur à tailler une statue en lui refusant le bloc de marbre dont il a besoin.

En vérité, je le répète, que les hommes politiques donnent aux écrivains toutes les libertés. Ils ne peuvent faire davantage, et ils ne peuvent faire moins. Le reste n'est que de la farce aimable, ne tirant pas à conséquence. D'ailleurs, je dois confesser une chose : si la République nous refusait ces libertés, nous saurions bien les prendre. Seulement, je trouve qu'il serait logique de voir fonder les libertés littéraires par la République. Elle, dont la formule est scientifique et que les faits imposent aujourd'hui, devrait comprendre quelle attitude il lui faut tenir devant la littérature actuelle, l'attitude d'un pouvoir qui repousse toute littérature d'État, qui ne se prononce pour aucune école, qui veille simplement à ce que le libre développement de ses idées soit assuré à chaque citoyen. Qu'elle n'ait la prétention ni de diriger, ni d'encourager, ni de récompenser, qu'elle laisse simplement les forces géniales et créatrices du siècle faire leur besogne. Ce rôle semble tout simple à jouer. Eh bien ! aucun gouvernement n'a eu jusqu'ici assez d'intelligence pour s'y résigner de bonne grâce. La République se montrera-t-elle supérieure ? Nous le saurons demain.

Il faudrait d'abord au pouvoir des hommes vraiment forts. Je ne comprends pas une République gouvernée par des médiocrités. Cela me paraît illogique. Dans le gouvernement du pays par le pays, les hommes qui reçoivent de leurs concitoyens la délégation du pouvoir, doivent être forcément les plus honnêtes et les plus intelligents de la nation. Autrement, pourquoi les choisirait-on ? S'ils sont médiocres, d'une honnêteté douteuse et d'un esprit nul, s'ils n'ont rien en un mot, je demande qu'on me ramène à l'ancien régime ; au moins, les ministres, sous la monarchie, étaient des hommes titrés, appartenant à une aristocratie de race, existant à part et au-dessus de la foule. Le malheur est que les choses de ce monde ne vont pas pour le plus grand honneur et le plus grand profit de l'humanité. Je retrouve là ce terrible élément humain qui détraque les plus belles théories, basées sur la logique et le droit. Les hommes se battent pour eux plus encore que pour la vérité. C'est ainsi qu'un chef de parti monte au pouvoir avec toutes ses créatures. Lui, est supérieur ; mais les créatures ne sont le plus souvent que des nullités complaisantes, des sots dont il faut tenir compte, des pantins qui ont eu l'étrange fortune de se faire prendre au sérieux et qui deviennent les comparses les plus insupportables et les plus dangereux du pouvoir. Même il arrive presque toujours que ce sont les comparses qui tuent le chef de parti. La politique, aux heures troublées, est ainsi le refuge de tous les ambitieux déçus, le terrain sur lequel les

inutiles, les impuissants, les vaincus, se donnent ren-
dez-vous pour monter à l'assaut du succès. Cela expli-
que l'encombrement des candidatures. Presque tous
ont dans leurs poches des manuscrits de drames et de
romans refusés vingt fois par les directeurs et les édi-
teurs ; ou bien il y a en eux un journaliste aigri, un his-
torien manqué, un poète incompris ; je veux dire qu'ils
ont tenu aux lettres, et même, lorsque la politique a
satisfait leur ambition, lorsqu'ils gouvernent, ils conservent pour les lettres une tendresse tournée au dépit.
Ce sont des élèves devenus pions. Les lettres restent à
leurs yeux une orgie de jeunesse qu'il faut surveiller ;
ils en parlent avec de sourds désirs inassouvis, ils ne
sont pas loin d'avoir les croyances de ces bourgeois qui
accusent les écrivains de passer leurs journées sur des
divans, servis par des sultanes, au milieu des débau-
ches les plus galantes. De là leurs coups de férule, leurs
discours sur la moralité, leur besoin de réglementer ces
lettres comme on réglemente la prostitution, avec une
police et des arrêtés. Ce sont donc ces terribles hommes
médiocres, ces fruits secs montés sur les échasses de
l'autorité, qui font tout le mal. Ils sont malheureusement les parasites de la République. On les trouve toujours les premiers, dans les périodes révolutionnaires,
à se mettre en avant et à encombrer les petites et les
grandes situations. Mais il faut espérer que le tasse-
ment se fera. La République ne peut vivre qu'à la condition d'être le gouvernement des supériorités intellec-
tuelles, la formule scientifique de la société moderne,
appliquée par des esprits libres et logiques.

Il me reste à exprimer un vœu qui est celui de toute
ma génération. On nous obsède, on nous écrase de politique, et décidément nous en avons assez. Je me sou-
viens que, sous l'Empire, des gens regrettaient avec

mélancolie les époques de batailles parlementaires; la
tribune était muette, disaient-ils, la presse muselée, la
discussion des affaires publiques défendue. Eh bien!
aujourd'hui, on nous a tellement bousculés, tellement
assourdis, que nous en venons à regretter le grand si-
lence de l'Empire, lorsque la politique n'aboyait pas
sous les fenêtres du matin au soir, et qu'au moins on
s'entendait penser. Certes, nous avons eu de la patience.
Pendant huit ans, nous nous sommes résignés. Nous
comprenions qu'on ne sort pas tranquillement d'une
crise pareille à celle de 1870 ; nous nous disions qu'une
République n'était pas commode à fonder, au milieu de
la colère des partis, et qu'il fallait savoir endurer le
vacarme de la lutte. Seulement, à cette heure, la République est fondée, qu'on nous donne la paix !

Oui, nous tous, hommes de science, écrivains et
artistes, nous tendons les mains vers les hommes politiques, en leur demandant de ne pas nous casser les
oreilles davantage. Les républicains ont vaincu, n'est-ce
pas ? Ils sont aujourd'hui maîtres de toutes les situations. Eh bien! par grâce, qu'ils tâchent de s'entendre
et qu'ils fassent danser les dames, au lieu de se querel-
ler encore. Nous leur en serons bien reconnaissants.

Personne ne songe à nous, vraiment. On ne paraît
pas s'apercevoir que notre génération, les hommes qui
ont de trente à quarante ans, se trouve étranglée entre
les dernières convulsions de l'Empire et l'enfantement
si laborieux de la République. Est-ce qu'un écrivain
existe, quand les hommes politiques prennent toute la
place au soleil? Est-ce qu'on s'occupe des livres, quand
les journaux sont bourrés des débats parlementaires,
des discussions les plus longues et les plus creuses ? De
la politique, rien que de la politique, toujours de la
politique, et à une dose si énorme, que les femmes

elles-mêmes, dans les salons, ne parlent plus que de politique ! Voilà où nous en sommes, on nous vole notre part du siècle, on nous gaspille nos belles années ; demain, lorsqu'on nous dira enfin que notre heure est venue et que nous avons la parole, il arrivera que nous serons très vieux et que nos cadets nous réclameront la place. Il y a ainsi des générations que les événements suppriment. Naturellement, nous ne pouvons montrer une grande tendresse pour la politique, de même que l'homme écrasé ne salue pas la roue qui lui passe sur le corps.

Sans doute nous acceptons les nécessités historiques. Ce qui nous met hors de nous, c'est la place débordante qu'ont prise, dans ces dernières années, les médiocrités politiques dont je parlais tout à l'heure. Jamais Corneille, jamais Molière, jamais Balzac, n'ont fait dans les journaux le tapage honteux que des imbéciles y font en ce moment. Cela est exaspérant. Le premier sot venu qui monte à la tribune, prend une importance plus grande qu'un écrivain livrant au public un chef-d'œuvre. Je sais bien que le bruit importe peu, qu'un sot reste un sot, surtout lorsqu'on le connaît d'un bout de la France à l'autre ; mais que de temps perdu à lire des discours mal écrits, quel déplacement de la vérité et de la justice, quelles erreurs mises en circulation ! C'est justement à cause de ces triomphes faciles de la politique, que tant de déclassés et de ratés se précipitent pour s'y tailler une notoriété ; et c'est justement à cause de ces victoires des médiocres, de ce gonflement de certaines personnalités grotesques, de ces grands hommes d'une heure paradant devant la France étonnée, que nous prenons la politique en mépris, nous autres travailleurs qui croyons uniquement au génie et à l'étude.

Donc, assez de bruit. Jouissons de notre République.

Que les besogneux et les ambitieux qui vivent d'elle, aillent en Amérique chercher un trône ou gagner une fortune. Faisons de la musique, dansons, cultivons nos fleurs, écrivons de beaux livres. Il faut bien avouer qu'il y a, parmi les écrivains et les artistes, une défiance contre la République. Jusqu'ici, ils ne se sont pas sentis aimés par les républicains, qui ont toujours eu des raideurs de gendarmes devant les arts et les lettres. On répète volontiers que la République est le pire gouvernement pour nous autres, avec ses allures puritaines, son besoin d'enseigner et de prêcher, sa thèse de l'égalité et de l'utilité. Mais on doit ajouter qu'on n'a réellement jamais vu le gouvernement républicain à l'œuvre, car jusqu'à présent il n'a pas eu en France la stabilité nécessaire.

Ma conclusion sera simple. Tout gouvernement définitif et durable a une littérature. Les Républiques de 89 et de 48 n'en ont pas eu, parce qu'elles ont passé sur la nation comme des crises. Aujourd'hui, notre République paraît fondée, et dès lors elle va avoir son expression littéraire. Cette expression, selon moi, sera forcément le naturalisme, j'entends la méthode expérimentale et analytique, l'enquête moderne basée sur les faits et les documents humains. Il doit y avoir accord entre le mouvement social, qui est la cause, et l'expression littéraire, qui est l'effet. Si la République, aveuglée sur elle-même, ne comprenant pas qu'elle existe enfin par la force d'une formule scientifique, en venait à persécuter cette formule scientifique dans les lettres, ce serait un signe que la République n'est pas mûre pour les faits, et qu'elle doit disparaître une fois encore devant un fait, la dictature.

Paris. — Imp. E. Capiomont et V. Renault, rue des Poitevins, 6.

BIBLIOTHÈQUE-CHARPENTIER

13, RUE DE GRENELLE-SAINT-GERMAIN, 13, PARIS

COLLECTION IN-8° A 7 FR. 50 LE VOLUME

HUBBARD.	Histoire contemporaine de l'Espagne, 4 volumes.	
	1re Série. — Règne de Ferdinand VII (1814-1833)	2 vol.
	2e Série. — Régence de Christine et d'Espartero (1833-1843)	2 vol.
ODILON BARROT.	Mémoires posthumes	4 vol.
Baron ERNOUF.	Maret, duc de Bassano	1 vol.

COLLECTION IN-18 A 3 FR. 50 LE VOLUME

ANDRÉ DANIEL.	L'Année politique (paraît dep. 1874) .	5 vol.
BIGOT (Charles).	Les Classes dirigeantes	1 vol.
— —	La Fin de l'anarchie.	1 vol.
CHASLES (Philarète). . . .	Psychologie sociale des nouveaux peuples	1 vol.
— — . . .	L'Angleterre politique.	1 vol.
— — . . .	Mémoires (en vente les tomes I, II). .	3 vol.
CONSTANT (Benjamin). . . .	Œuvres politiques.	1 vol.
DESPOIS	Les Lettres et la Liberté	1 vol.
Du CAMP (Maxime).	L'Attentat de Fieschi.	1 vol.
DURET (Théodore).	Histoire de Quatre Ans (1870-1873). (En vente les tomes I et II	3 vol.
JURIEN DE LA GRAVIÈRE.	Guerres Maritimes sous la République et l'Empire	1 vol.
LABOULAYE (Edouard). . .	Paris en Amérique	1 vol.
— — . .	Le Prince Caniche.	1 vol.
— — . .	Le Parti libéral, son programme et son avenir.	1 vol.
— — . .	La Liberté religieuse	1 vol.
— — . .	Histoire des États-Unis d'Amérique .	3 vol.
— — . .	Questions Constitutionnelles.	1 vol.
LANFREY (P.)	Histoire politique des Papes.	1 vol.
—	Études et Portraits politiques	1 vol.
LAVALLÉE (Th.)	Histoire des Français	6 vol.
—	Géographie physique, historique et militaire.	1 vol.
LEROY-BEAULIEU (P.). . .	La Question ouvrière au XIXe siècle .	1 vol.
— . . .	Le Travail des femmes	1 vol.
MICHIELS (Alfred).	Histoire secrète du Gouvernement autrichien.	1 vol.
SOURY (Jules)	Jésus et les Évangiles.	1 vol.
—	Portraits au XVIIIe siècle.	1 vol.
WALLON (Jean).	Le Clergé de Quatre-Vingt Neuf . . .	1 vol.
— —	Jésus et les Jésuites.	1 vol.

Paris. — Imp. E. Capiomont et V. Renault, rue des Poitevins, 6.